KB079311

맛살을 나누어 먹었다

맛살을 나누어 먹었다

정이재
시집

좋은땅

뿌리째 흔들리는 지혜를 갖게 되기를

그리고 던져 버리기를

차례

2부. 여름

1부

겨
울

시인하지 못하는 글쟁이의 어눌함은
죄가 될 수 없다
그의 문법은 암묵적인 것이므로

횟집

죄책감을 덜고 싶어 산낙지를 최대한 촘촘히 썰어 달라고
했다
날이 밝을 동안 떠다니던 말들은 맥주 탄산처럼 두서없이
터져 버렸다

그날의 아침은 모처럼 국립현대미술관에서 그림을 보고
나오는 길이었으나
덕수궁 돌담길은 그때만큼 물들지 않았고 광화문 광장은
텅 비었기에
나는 다짜고짜 애비라는 사람이 찾아와 유학 자금을 내주
길 내심 바라였다

만난 지 십 년이 넘은 중동 건설업 삼촌이
숨을 질소로만 쉬며 쓴 부끄러운 내 시집을 보고는
크게 될 놈이었으나, 엄마 생각에 포항으로 내려갔다고,
섭해하지 말라고
제 사촌 여동생에게 문자를 보내 왔다
그 문자는 달이 되어 나의 죄책감을 애무했고 날것의 비
릿함을 느끼게 해 주었다

아니라고 말 못 하는 자식을 낳았으니 이번 생은
흉년이라며 스스로에게 위로를 던졌고
그래서인지 그녀의 심장 판막에선 빨판이 떨어질
기미가 보이지 않았다

그런 날이었으니
시 또한 두서없고
마른 눈물만 시신경에 적시는 날이었으니

산낙지가 꿈틀댈 수밖에

물뱀

너는 물을 쌓았다
그 시각 TV에선 블랙홀 관측을 환호했고
나는 빛처럼 곡률로 흘렀다
가로지르고 싶었다
사실 네 기하학을 모르는 터라
그냥 물뱀처럼 곡선으로 가로질러
너의 척추가 되었다
흐름을 부정하던 넌 힘없이 미끄러졌고
난 기생충에 감염되어 죽었다

비록 하늘은 어두웠지만
물은 정육면체로 쌓였을 것이다

신을 죽인 탓

마냥 고개를 끄덕이던 어린양이
빛을 내지 못하자 붓다를 시기한다

아침잠에 곤히 빠진 여린 승이
업을 지우지 못하자 니체를 의시한다

니체는 초인이 되어 망치를 내려치고

우리는 우리의 잘못을
니체가 신을 죽인 탓으로 돌린다

목련

지난 일을 그리워하는 이유는
지난 일이 가여워서인가
지날 일을 조우하고자 하는 애상인가

혹은 철 지난 나의 욕구인가

도톰한 꽃잎을 목 끝까지 덮고서
세상을 등지는 일은
목련
너에게 미안한 일이겠지

산들에 툭 떨어진 그 잎에게 주어지는
며칠의 시간
단 한 번도 하얀 너를
주워 놓지 못한
봄
속의 나

그 도톰한 입술에

연갈색 축축함을 듣는

겨울의 잔가지

나

여린 시간을 할애하여 사랑하지 못했던

너

격

재림한 신의 자식이
계약을 모르는 파란 피의 者가
결국 신격화되고
거짓된 강에 재를 흘린다

사이렌이 울린다
철창에 가둬지는 무신론자들과
프롤레타리아를 모르는 노동人들

그들은 불을 가진 죄

모여라 광장으로
광장 속에 손을 집어넣어
붉은 혈을 뽑아내고
머리칼이 숨을 쉬게 하라

신을 격하시켜라

신이 격하게 노하여도

신이 격정으로 격동하여도
신복들이 격분하여도

격랑을 뒤집어쓰고
사람으로 남아
모진 순간들을 헤아리자

아 이번 총성은 누구의 것인가

감정을 드러내지 않는 게 어른이 아니라
그냥 감정을 드러내지 않는 어른인 거지

해석

함께 눈물을 할짝인 시간이 말라 비틀어
나는 자를 대고 글을 썼다
정제된 조명 안의 시였다

그러나 그녀는 오독한다
되려 순수한 의도를 통해
우리의 스스럼을 묻는다

그 멋쩍음은 함께 간 울산 드라이브에서까지 씹힌다
저 원자력 발전소는 우웅 소리를 내는 듯
그녀의 말들이 우웅 고막을 막은 듯

어느 누구도 해석되지 않는
푸르죽한 바다

청/개구리

청개구리가 벌을 삼켰다가 뱉는다
퉤
나는 그 뒤로 그를 독개구리라 부른다
뒷이름보다 먼저 불리는 시선들
흐림 그리고 개굴
얼얼한 혀로 무언갈 묻지만
목 놓아 울 뿐 서럽진 못하다
언젠가 길 잃은 개구리를 잡는다면
그를 내천에 놓아주어야 하는가
풀숲에 놓아주어야 하는가
나는 독에 쏘인 것처럼
응고된다 그날은
내 이름을 알려 주지 못한다

눈치 빠른 서커스단

침묵이 입에 고여
단전의 힘으로 내뱉는다

눈치가 빠른 이들은
암묵적인 동의서에
빠르게 지장을 찍으면서도

가파른 어깃장에
결국 먼저 침묵을 토하는 것이다

다수의 중심에서
특별해진 이
연신 스페셜!을 남발하고

그곳은 서커스장이 되어
요상함에 정당성을 부여한다

넘나드는 곡예사, 이는
로프에 목이 감길지

땅에 머리를 처박을지 고민하다

선수 치는 암전 덕에
툭 소리만 뱉는 것이다

지워질 점액 하나가

엇갈린 삶

그래요 나는 엇갈린 삶을 살고 있어요
매일 밤 탄내 나는 구름을 피하려
이리저리 둘러보다가도
마비된 감각에 수긍하고 그것을 사랑하며
늘 고개 숙이고 있어요
다부진 말들은 내리는 불에 타버려
남은 건 결국 모진 것들
그들의 타는 냄새를 맡으면서 살고 있어요
삶이란 글자는 얼마나 좁은가요
넉넉한 마음을 가지려 해도
언제나 빈틈을 파고들어 나를 옥죄이고
멋들어지지 않는 것을 꿈꿔요
그 편협함에 늘 작아지네요
거무튀튀한 입가와
힘줄이 끊어진 손가락
주름이 엉킨 머리와
축소된 동공
그것들로 이루어진 존재로서
이 거대한 삶을 살아간다는 건

도무지 쉽지 않아요

남들이 걱정하는 부동산과

차량의 보험료는 모르고

땅이라면 흙과 미생물

그뿐인 나의 지식은 과오인가요

나는 늘 엇갈린 삶을 살고 있어요

공간에서는 입가의 미소를 띠다가도

그들이 반갑게 나를 맞이해 주면

나는 슬퍼질까 얼른 미소를 숨기고는

이불 속에서 끙끙 앓아요

나의 시간들은 옅게 기억되고

어떠한 의미도 찾을 수 없는 공간의 초대장만이

연신 우체통에 꽂히네요

그래요 흐릿한 것은 더 많은 것들을 내포할 수 있겠죠

나는 타오르는 연기처럼

흩날려 사라지길 꿈꿔요

심호흡을 하고 눈을 감아요

그러나 몇 분의 시간을 이동하면

다시 나의 눈앞엔 분명한 것들 뿐이죠

나는 엇갈리는 삶을 살아요

이 삶은,

이번만은 분명한 것인가요?

하얀색이 검은색으로 빠진다

곤두박질

물속이다
웅얼웅얼
깨지는 바위 소리와
어금니의 갈림이 구분되지 않는다

나를 하얀색이라고 일컬을 수 있나
온갖 탐욕을 해치운 사내
업은
검정색에 녹을 수 있나

점점 호흡을 자각한다
나는 숨을 쉬는 사내
지금 죽기엔 아쉽지만
나는 아가미가 없는 사내

용이 태어났다는 폭포에서
나는 곤두박질치는

하얀 공허에서

검은 무언가로

몸을 던지는 사내

탈피는 너무도 먼 견해
나는 찢고 나오는 들소의 순수함

진리

실재, 현존하는 것과 관념적인 것 사이를 관조하고 우주
와 별자리에 대해 상상하며 세상의 이치를 깨닫고 사람의
마음을 들여다보는 삶.

진리는 선택적인 것이고 나는 그 진리를 배우거나 차용할
뿐, 그저 목격자. 혹은 위치를 모르는 우주 한가운데 떠
있는 여행자의 인생을 살고 싶다.

송악사에서의 추락사

붕괴 위험 팻말을 넘어
세아리지 못할 절벽을 훑는다

파도는 너머에서 오는데
나는 왜 얇은 끈을 끊고
보이지 않는 곳으로 넘어가려 할까

들여다보지 않으면 모르는
돌해변 아래의 조그만 붉은 꽃이 될 테니
파도는 내 이마에 지층을 그어라

제주의 단단함에 한몫하고 싶고
송악산의 절경에 보탬이 되길 바라니

수백 년이 지나
마라도의 한 계간지에
나의 퇴적이 실리는 게
일생의 영광일지어니

등에

등에는 세상에서 가장 멋스런 곤충이다
자존심도 없고 그저 약해 빠져서
몸에 줄 긋고 어색하게 날아다니며
피나 빨아먹고 산다
생존에 최적화된 가장이다
굽히고
치졸하지만
살아남는
살게하는
짊어지는
등에

나의 죽음에 필요한 간단한 요건

의지할 데가 없기에 그날의 시집은 내 삶이 된다. 고요한 음악, 낡은 원룸, 푹신한 1인 소파가 나를 충족한다. 더 바랄 게 없다.

(조금만 더.
자본주의가 멈춘다. 시간이 흐르지 않는다. 밖은 회색빛이다. 가족이 없다. 배고프지 않다. 입 안이 개운하다. 면도를 했다. 내일 할 일이 없다. 춥지 않다. 꽃향기가 난다. 졸리지 않다. 시집을 다 읽고 사라져 버린 나의 시간을 누구도 슬퍼하지 않는다.)

여기 버려진 시가 있다

눌어붙었다

그것은 단순한 시간이 아니었다
망각과 날이 선 침묵이 만들어 낸
고름이었다
딱지가 발라지지 않는
울퉁불퉁하고 차갑기 그지없는
아무것도 아닌 것이 없었던
무거움이었다

연신 기어야 했다
그 위로 덮여지는 회색빛은
일종의 가림막이 되었다
아무도 모르는 새 엮여 버렸다
그게 곧 내가 되어 있었다

내밀 것이 없어
웅어리를 기입하였다
그것을 나는 시라고 부르고 싶었다

(나는 시라는 예술을 몰랐고
그 시와 나의 기입은 다르다)
그냥 그 한 글자의
언제든 내뱉을 수 있는 소리가 좋아서
시라고 부르고 싶었다

어눌함이 시가 되고
그 시는 늘상 버려졌다
버려지고 버려져
눌어붙었다
이젠
쓰여졌을까

흘러내린 침을 욕하지 않는

전제가 되어 있는 움직임. 엮여 있는 것은 현대의 진리이
자 나의 미약한 원동력. 어색만 몸짓과 말투. 되묻기 위
해선 마셔야 하는 물 한 잔과 슬픈 눈빛. 너를 향해 흘리
는 침. 미세하게 안기는 연민. 주고받는 깊은 슬픔. 질문
은 맞닿으면 흐려지는데 지금만큼은 그게 좋은. 너와 나
는 결국 부서질 거니까. 몫을 나누자. 숨을 나누자. 딱 지
금만.

서 있다는 건 견디고 있다는 것
나는 지금 땅 위를 견디고 있다

간짜장의 유전자

90년대 홍콩 영화를 보면
괜스레 간짜장이 먹고 싶어진다
춘장에 젖은 메추리알이 애처롭다

강을 조우할 때면
시선은 물줄기를 따른다
희미한 그 속에 파묻혀
삶을 툭 뱉고 싶다

과학계에서는 이것을 유전자라고 부른단다
나는 우리 몸이 단순한 우주로 구성돼 있는 줄 알았는데
숨은 이어져 있는 것이란다

나는 일상에서 구멍 난
멍청한 시간이 생길 때면
몸에 싸구려 막걸리가 흐르는 그의 삶을 떠올린다
짙은 눈썹과 기름진 피부를 이어 준
속이 메추리 노른자처럼 퍽퍽한 사내

그의 생사를 사랑할 수 있을까

간짜장이 불어 터지는

멍청한 시간에 든 의구심이다

고성의 시

버스 안에서 고성이 오간다
원인은 잘 모르겠으나
뒤에서 들려오는 소리가 취해 있다

듣지 않기 위해 이어폰을 꽂고
시를 읽어 주는 라디오를 튼다
시가 낭송되지만
쉬는 음절 사이사이로
고성이 새어 들어온다

숨을 쉬는 시의 공간이
오늘따라 넓고 얕다
시는 삶의 기록이라고 들었는데
삶은 직접 파고드는 것이었다

침묵과
어색한 주제의 라디오와
멈췄다 출발을 반복하는
울렁이는 각자의 시간들

쓰이지 않는 안전벨트가
오늘따라 더 머쓱하다

아스팔트가 새를 만났을 때

새가 죽어 있고
피는 아스팔트에 본을 뜨고 있다

찰칵
기록되는 하필이면의 죽음

가진 것 없는 이에게 죽음은
결실이 될 수도 있겠으나
그 죽음이 앗아 간 게
사랑이라면
그는 절망을 얻고
두 번 점멸했을 것이다

나의 기록은 그 두려움에서 비롯되었고
계속해서 누적되는 소거의 증거를 수집하였다
비릿함이 무뎌지길 바랐다

오늘따라 유독 애처로운 노란 눈

나의 결핍을 작게 쪼개어 먹인다
결핍은 삶의 원동력이니까
죽음을 잠시라도 외면할 수 있을 거야

그러나 부수어진 부리는 삼키지 못한다
머금는 것이 최선이었다
삶이란 삼키지 못하고
머금는 것이었다

그렇다면 죽음은
언제 나에게서 뱉어지는가

사랑할 수 없었을까

사랑할 수 없었을까
그냥 아무나 붙잡고
잠시라도 날 바라봐 달라고 할 수는 없었을까
꺾인 목련의 가지처럼
이미 끝이 물들어서
그저 스스로를 가엾게만 여길까 봐
소리 내지 못했던 걸까

그때의 날씨
공기 그리고
마지막 떠올림은 나는 알지 못하지

순간의 슬픔과
나에게서 고개를 돌리는 계절과
몸이라는 피조물은 말하지
너는 외로운 아이야
너는 꺾인 아이야
너는 맑은 눈으로
아무렇지 않은 척하려 하지만

이미 수정체에 울음이 가득 고여 있는
유전의 꽃이야

이번의 물음은
피고 지는 시간은 말하지
너는 담대하니?

맛살을 나누어 먹었다

먼 허공을 바라보던 들개 옆에
턱없이 앉았다

무심함에 못 이겨
사 온 맛살을 한 점 내주었다

턱 받아먹고는 다시 먼 곳을 내보길래 나는
맛살이 이천 원인데
세일 덕에 천삼백 원에 사 왔다고
괜스레 말했다

그러자 들개는 그랬었냐라는 듯
꼬리로 바닥을 툭 내려쳤다

부끄러움에 나는
어미는 어딨냐고 물었고

들개는 트럭에 깔려 죽었다라는 듯
풀썩 엎드렸다

울적함에 나는
밥은 잘 먹고 다니냐 물었고

들개는 그럭저럭이라는 듯
짙은 하품을 길게 내쉬었다

허전함에 나는
고요함이 외로움을 차올린다 말했고

들개는 아무 말 없이
긴 속눈썹을 내리며 눈을 감았다

하늘을 바라보았다
지는 노을의 주홍빛이 얼굴을 드리웠다
얼마의 시간 뒤

들개는 고생했다는 듯
내 발치에 몸을 얹었고
나는 고맙다고 말하였다

들개의 털이 내 몸에 묻고
나의 숨이 들개를 감쌌다

우리는 맞닿은 삶을 나누어 먹었다

Z 그리고 다시 A

나의 존재는 매사 혼란하여
A와 B를 고르는 생이었으나
모두가 나였음을 깨닫는 동시에
어쩌면 뼈저린 부정의 C였음을 알게 되었으니
나는 구부정한 몸체를 일으켜
장담했던 나를 끌어내리고
허덕였던 나를 동정하는
그 눈들을 뽑아 삼키리라

또한 C는 곧 A로 B로 변질되기도 함을
물을 넘기듯 홀연히 넘기며
대지와 하늘이 같다고 외치리라

곧 나는
하늘이자 대지인
세계이다

유지되고 지속하는 것은 마음이고
감정은 순간이다
우린 그릇된 순간에 흔들리지 않기 위해
수없이 흘러 들어오는 감정들을
마음으로 하나하나 안아 주어야 한다
주체적인 나를 찾기 위해서

순수

찢겨 너덜한 것들이 무리 지어 간다 해진 손들을 어떻게든
엮어 목적이 없는 순수로 향한다 너와 나의 과거는 씹어
삼키자 우리는 지금 가치 없는 걸음이 먼저이다 걷자 네가
가장 처참했던 그곳에서 벗어나 누구든 숨죽일 수밖에 없
는 먼 곳으로 그곳에 가면 내가 가장 먼저 울어 주리라

정해진 것은 없는

지렁이가 차에 치어 죽었다는 이야기를 들어 본 적 있는가

그 일은 너무나 황홀한 일이다
인류의 집약 작품 중 하나인 자동차를 상대하기 위해
지렁이가 아주 잠시나마 몸을 튀어 올려
진리와 마주했다는 사실
퇴화된 감각기관을 통해 노려보는
그의 응축된 시선에
어찌 감탄하지 않을 수 있겠는가

새벽을 지나
이른 해만 뜨지 말아라

나는 조금 더
너의 온전함을 보고 싶으니

티베트의 고원

산의 유령들이 내려와 쓰러진 남자를 핥는다. 차갑고 시리다. 까슬한 얼음덩어리를 캐던 그 사내.

사내는 히말라야의 숨에 기생하며 살고 있었다. 그는 유일한 신을 몰랐으며, 유일한 진리에도 무지했다. 사내의 일이라곤 얼음을 캐 먹는 일뿐이었다. 검은 돌을 고르고 여우를 쫓아내며 손바닥만 한 얼음을 끌어올렸다. 지난 50년간의 일이었다. 그에게 시간이란 하늘에서 땅으로 내리꽂는 순간이었다. 과거에 숨을 들이쉬고 미래에 내뱉는 일이 없었다. 그는 짧은 찰나에서만 살았다.

거미가 배를 곯는 날이었다. 부슬부슬 내리는 비는 그가 캐내었던, 캐야 했던 얼음을 녹이지 않았다. 다만 그의 몸을 서서히 적시며 그의 지탱을 위태롭게 했다. 그는 하늘을 바라보았다. 그의 시야는 불규칙적이고 의미 없는 방울들을 머금었다. 하나, 둘 그리고 셀 수 없는 물은 눈알을 가득 채웠다. 꽤나 오랫동안 그는 자리에 머물러 하늘을 치켜 보았다. 그는 하늘을 동경했을까. 한 번도 얼음을 캐는 순간을 멈춰 본 적 없는 그의 정적한 행동은 여러 생각을 유추하게 하였다. 게다가 단순한 머무름을 넘어 그는 그날, 그곳에서 숨을 거두었다. 그의 죽음은 조잡한 영겁에 한계를 두었다. 얼음을 캐어 먹고, 짧은 숨을 쉬고, 단 하나의 숨을 거둔 그가 내놓은 불규칙한 결정(結晶)은 벼락과도 같았다. 에메랄드빛 고원이 그 벼락에 서서히 얼어붙기 시작했다. 설표와 꿩은 다시 드넓은 대지를 거슬러 올랐고 한기에 재채기를 하는 아기 산양의 코를 어미가 핥아 주었다.

투명함에는 변함이 없었다. 그의 뼈는 남지 않았으나, 땅은 여전히 숨을 쉬었다.

나방

나방 하나가 발을 헛디딘다
헤까닥
조그마한 물덩이에 날개가 빠진다
몸이 뒤집히고
서서히 가루가 흘러나온다
흘러나올수록 그의 주마등은 깊어진다
나의 삶은 의미 있었는가
이대로의 죽음은 정당한가

질문한다
선생님 저는 살 수 있나요
대답한다
삶이란 것은 진부합니다
죽음 또한 마찬가지지요
이것들을 논하는 것은
왈가왈부입니다

발버둥이 멎는다
고뇌가 차올라 숨을 고른다

다시 눈을 감고
숨을 짙게 뱉는다

아마도
나를 구성했던 조각들은
완전하지 못했을 것이다
허망했을 테고
슬펐을 거다
이 작은 웅덩이가 앗아 가는 죽음 역시
홀연할 것이다
그렇다고 과연 나는
채워지지 않은 존재였는가
그저 흩날리는 가루에 불과했는가

아니다
나는 흘러나올 정도로 차 있는 나방이었고
나는 멋지게 불안정했고
그렇기에 지나온 삶에 웃음 짓는다
고로 나는 성스러운 죽음을 받아들인다

그가 돌아가셨다
향년 일주일의 삶이었다

제자리

그 집에는 식은 김치찌개가 있었다
어색한 표정의 가족사진과
방금 벗어 놓은 듯한 앞치마가 있었다

물을 한 컵 따라 마시려고
부엌으로 향하니
싱크대엔 유리컵 하나가 담겨 있었다

탁자에는 맥주 두 병과
냉동실엔 일회용 봉투에 싸인
소라 과자가 들어 있었고
필터가 깨끗한 청소기는
위잉위잉 크게 울어댔다

적막한 방 안에는
내가 판박이를 붙여 놓은 피아노와
눕혀진 성가대의 악보가 있었고

곱게 정리된 보라색 침대에

얌전히 누워 보니

모든 것이 제자리인 이곳에
우리 엄마만 없었다

젬병

편의점에서 되돌아가는 길에
인간의 형상을 한 외계인이 누군가로부터 끌려가는 모습
을 보았다
납치인가 싶었으나 신고해야 할 곳을 몰라 서성이는데
내 편의점 봉투 안에 계산 못 한 소세지가 껴 있는 것을 발
견하였다
사회의 질서를 깨뜨리기 싫어 부리나케 다시
편의점을 다녀왔더니
그 외계인은 땅으로 꺼졌는지 하늘로 솟았는지
주차된 우주선의 주차비를 정산하러 간 것인지
사라져 있었다
그를 찾아보려 했으나 그의 고향은 알 수 없는 우주였고
나는 천문학에 취약하였기에 비닐을
뒤적거렸고 맥주는 볼품없이 터져 있었다

정해지지 않은 방향으로 얇게 잘려 나간 캔과
외계인의 행방

나 또한 서슴없는 존재이어라

정합은 어디에도 없는 존재이어라

첫 인생살이에 젬병인 존재이어라

결국은 머금는 것이다
삼키지 못하는 것이다

어린 산양에게 보내는 편지

어미 없는 연탄빛의 어린 산양이
벌집을 건드린다

그 시기는 9월의 어느 날로
그는 필시 푸르죽하게 목례를 하는
벼들의 침묵을 보았을 것이다

겨울에 태어난 그는
목련이라는 이름을 받았고
그래서 그의 한 해는 계속 상이하였다
그의 봄은 시들었고
여름은 매서웠으며
피어나는 가을을 기다리지 못해
그는 결국 벌집을 핥은 것이다

달콤했을까
까슬한 시선들에 베이지는 않았을까
배를 채우면서도
행여 울지는 않았을까

나는 하얀 눈을 생각한다
홀로 소복이 쌓였을 그 눈을 생각한다

네가 목련인 이유는
너의 눈이 도톰한 꽃잎을 닮아서다
그러니 너를 찾기 위해서라도
봄을 기다리거라
너는 여기 끊임없이 존재하는 영혼일지니

철새는 어느 계절을 가장 좋아할까

비행하는 그녀를 막지 못했다
나는 공항의 된장찌개
그녀는 출국 전 된장찌개를 먹었을 것이다
공항의 된장찌개는 비싸고 배가 덜 차므로
된장찌개는 겨자의 맛이 났을 것이다
그녀는 울었을 것이다
나는 꾸려진 그 가방의 내용물을 곱씹어 본다
그녀가 즐겨 읽던 시집에
어느 한 편의 어느 한 구절을 떠올린다
밀랍으로 한 깃 한 깃 떠날 채비를 할 동안
나는 태풍에 무너진 콩밭을 슬퍼한다
그녀는 나의 뒤를 껴안아 주고는
그렇게 떠났다 나는 날이 좋아
굴러가는 땅과 흘러가는 하늘을 번갈아 보았다

철새는 어느 계절을 가장 좋아할까

회색인

너는 단단한 척하면서도 날카롭게 울고 있다 회색의 낯빛
이 그를 방증한다 너는 어디에도 서 있으며 어디에도 숨
지 못한다 숨죽인 조그마한 항구 마을 한 켠에 머문다 너
는 너의 의지로 드러나지 않았다 일단은 태어났으며 일생
을 존재에 대한 탐구로 살았다 그 사이 총탄을 보았고 여
럿의 피를 머금었다 서서히 갈라진다 주름결이 파도의 설
움이 너의 철학을 옅게 만든다 점점 색이 빠지어 희미한
회색빛을 띤다 네 거대함은 너무도 가볍다 늘 바다에 떠
있다 네가 바라보는 남서쪽은 외롭기 그지없다 파도의 흰
거품을 탐한다 대담하지 못하게 몸을 맡긴다 다시 희미해
진다 흘리고 간 소주를 벌컥 아직 신경이 살아 있는 전갱
이 한 점을 덥썩 낚시꾼은 너의 파편을 낚았고 너는 일그
러진 그의 안색을 싫어한다 하던 사색을 멈춘다 몸에 피
를 가득 채운다 힘을 주어 몸을 부수고 날카로운 조각을
털어 낸다 오늘 밤은 달도 별도 뜨지 않기를 바라며 눈을
감는다 나는 희미한 회색인

규탄을 늦게나마 알아챈

나는 녹아 투신한다

낙하 지점에 입 벌려 선
늙은 고래의 기도를 막는다
내 웅어리가
그의 어떠한 소망을 거뒀을까
눈을 뜨는 것도
숨을 쉬는 것도

튀어 오르는 물기둥이
멀직한 이명준의 아내와 딸을 꿰뚫는다
헛것을 사라지게 하였으니
그는 녹아
바다로 뛰어들지 아니할까

분별력 없는 에메랄드빛은
아주 촘촘한 잔가시를 내뿜는다
하늘과
얼음과

바다에서

깊숙이 잠든 뼈의 심기를 건들지 않았기를

목사

20년을 지낸 목사가 뜬다
나는 서운함을 넘어 목이 메는데
그는 예수였는가

자비로운 목사가 뜬다
나의 곱창을 드러내도 침묵했는데
그는 부처였는가

지혜로운 목사가 뜬다
그는 쥐똥을 모아 시골 교회를 이끌었는데
그는 기획재정부 장관이었는가

주일에 목사가 뜬다
하느님 아버지도 계시는 주일인데
그는 김삿갓이었는가

의문은 딱지를 접고
나는 인간의 속살처럼 운다

상처에 소금을 뿌린다
- 낭만 어부에게

그는 삶의 굴곡을 쉽게 표현하지 않는다
말과 회상, 군데군데에서 시를 흘린다
젊음의 속 쓰림을 한 줌의 소금으로 메운다
그의 설움은 그만큼 짭짤했다
그 짠 기운은 그를 바다로 이끌었고, 드넓은 동해의 한가
운데서도
그는 생선들이 뱉어 내는 비린 문학들을 맡았다
그의 그물은 문학을 건졌다
그의 혀 한 켠엔 늘 문학의 짠내가 남아 있다

끊임없는 것은 나를 알아가는 시간이다
나는 무수하고 다양하며 나아가기 위해서는
나를 알아야 한다
나날이
나의 날이 되기를

고요한 낮의 제주

누워 있는 너에게 호소하기 위해
작은 안녕을 보낸다

너의 물 한 모금은 눈이 되어
소복한 발자욱을 남기고

지긋이 감은 하르방의 굴곡진 눈꺼풀을 타고
나는 오늘도 오르고 내렸다

밤은 어두웠고 낮은 밝았지만
너는 언제든 어둠을 차지할 수 있었다

길었다 유독 긴 야자수는
너의 마른 팔뚝처럼 흔들렸다

다행히 오늘은
마음이 한결 놓이는 조용한 날

너의 숨은 째액

바람도 종종걸음으로 지나간다

그 숨을 베고 자는 낮

늙은 개의 아가미

바다 끝이 얼고
속절없는 눈이 내렸다

어느덧 반복이 지겨운 시기가 찾아왔고
늙은 개는 자신이 늦익었음을 자명했다

항성이 지는 소리와
독거인의 쿰쿰한 냄새와
그저 잘게 태어난 죄로 바닥에 던져진
어느 낚시꾼의 생선은
그의 결심을 굳힌다

칼칼한 어둠이 내린 저녁
늙은 개는 바다로 나아간다

우울에 빠진 어부가 그를 보곤
생태 대가리를 숭덩 썰어 던져 준다

마지막 식사를 오도독 씹는다

벌건 아가미가 내뿜는 식감에
늙은 개는 매력을 느낀다

혹여 나도 아가미가 생기지는 않을까

괜스레 목덜미를 긁적인다
빠진 발톱은 이내 땅을 밟고
그는 후두둑 바다에 몸을 내던진다

고요했던 마을에
아주 조그마한 소리가
코를 간질인다

침팬지

그를 본 건 5교시쯤이었다
신은 법과 사회에 대해 설파하는 중이셨고
나는 제도의 불순으로 그저 창밖만 바라보던 순간이었다
운동장 한가운데 그가 있었다
영장류의 침팬지
그는 물끄러미 나를 바라봤고
나는 난감하게 그를 바라봤다
신기하지도 평온하지도 않은 시선
그는 낯설지 않았다
나의 개념은 불확실했으나
그가 서 있는 그 한가운데는
무엇인가 확실성이 묻어 나왔다

나는 신에게 지배받고 있었다

신은 나에게 제약을 주었고
신은 우람한 모습을 통해 나를 조망하고 있었다
죄를 짓지 못하고 소리치지 못하는 삶이었다
그런데 그 침팬지의 몸짓은 사뭇 달랐다

그 정적의 시선

정적의 풍채

정적의 관념은

무척이나 사람을 닮아 있었다

이질감이 희석되고

나와 마주치는 순간의 동질감은

그를 사랑하게 만들었다

제인 구달은 많은 눈물을 흘렸겠지

그들에게 주던 사랑을

그들에게 주던 연민을

근데 그러면 안 됐다

나는 저 한가운데의 영장류와 같은 존재인데

내가 무슨 권위로 그를 연민하는가

대칭되는 시선

호기로운 자세

나는 그를 보고

신은 없다는 것을 굳게 믿게 되었다

기러기를 사이에 둔 현상

저어 날아간다 검은 칠흑이
머문 곳에 뼈대만 남은 기러기
저어 강 너머 고꾸라질 듯 휜 나무에 앉아
매섭게 나를 노려보는 기러기
나는 산책을 했을 뿐인데
너에게서 지금에 나는 무엇인가
무엇으로 비치는가
어떠한 현상이요 대상인가

나는 현존재를 따져 본다
일단 나는 그저 의식 없이 길을 거닐었고
나에게 대상은 비어 있고도 풍족하여
마치 술에 숙성된 존재를 장착한 듯 살았다
네가 내 안에서 튀어 오르기 전까지
나는 너의 존재를 인식하지 못했다
그렇다 너는 나에게서 비친 적이 없었다
나는 자유로웠다

저어 무덤덤한 고목 위 너에게 나는

과연 그러한가
먹고사는 것이 곧 생존이다
살면서 먹는 것이 곧 삶이다
그런 격렬의 시간에 찾아온 내가
너에게 지독한 존재인가
검은 네 뺨이 붉게 물들 만큼
나는 꺼드럭거리는 존재인가

초점 잃은 기러기는 머쓱하다
본인은 그저
삶을 마감했기 때문이다

논의

그녀의 초대로 그녀를 논하는 자리에 참석하게 되었다
장소는 분주했고 나는 안내에 따라 합석하였다
각기의 여럿
테이블은 조촐했고 대화는 질었다
모두의 첫 입은 두둔으로 시작되었다
나는 그녀를 잘 알았으며-와 같은 말로 그녀를 더듬었다
분주한 舌와 흔들리는 目
그러나 곧장 입장은 알량해진다
소신을 가훈으로 삼던 사람이 입을 벌린다
근데 말야, 그래도 말이야
다른 방향으로 화제를 이끄는 몇몇의 이들
자신에게 투표를 요구하는 속 빈 정치인처럼 손을 비비며
동의를 구한다
그렇게 그녀의 내면은 포가 뜨여진다
비늘을 벗기고 배를 갈라 먹지 못하는 내장을 도려낸다
핏기를 빼내는 이들의 피부가 노랗다
시간과 고조는 정비례한다
나는 오미크론이 두려울 정도로 흩날리는 분비물을 바라
본다

84

분분하다
그 분분한 낙화들 너머 두 아이가 보인다
하얀 리본과 누런 팔찌가 어색하다
그때 옆에 남자가 나의 옆구리를 쿡 찌른다
나는 기분이 나빠 주먹을 갈기려는데

쳐다보지 마. 살아남은 아이들이래.

아이들은 떨고 있었다
사는 것이 무엇인지, 삶이 무엇인지 모르는 아이들이
무엇이 두려워 떨고 있나 싶었다
자신들이 여태껏 삶이라 여겼던 그녀의 죽음을 목도해서
사시나무가 되었는가
해맑은 자신들의 미소 아래
목을 매어 버린 그녀

남자가 이어 말한다

다행이야.

다행이다.
그런가.

나는 의문을 해결하려 자리를 털고 일어나 주머니를 뒤적
인다
어제 취객의 지갑에서 몰래 빼낸 꼬깃한 이만 원을 꺼내
아이들 손에 쥐여 준다
마른 편육을 튀기며 말한다
나는 삶이 무엇인지 알고 싶으나
때론 모르는 척 주먹을 쥐는 게 나을 때도 있는 것 같다
그냥 쥐어라

장례식장을 나와 택시를 탄다
분명 올 때는 만오천 원이었는데
목적지에 도착하니 이만 원이 나왔다

선장님 섬은 멀리 있나요

섬은 멀지도 가깝지도 않습니다
파도를 캐다 보면 나오는 곳이 섬이구요
낚시를 하다 보면 건져지는 곳이 섬입니다
눈을 감으면 떠오르는 곳이 섬이구요
눈을 뜨면 사라지는 곳이 섬입니다
섬은 허상이구요
섬은 실체입니다

바람은 짙고
그대의 마음과 나의 마음은 엇갈린 채로
바다를 항해하고 있습니다
망망대해에서 떠오르는 잡념이
섬이 아니고 무엇이겠습니까

우리는 그저
향하고 있을 뿐입니다

삶은 쓰거나 달지 않다

그저 조금 시다

다만 산미는 숨겨진 입맛을 돋우기도 한다

파안 시간

예불을 드리고 법당에서 파하려는데
신발을 벗고 한 발을 내딛는 이가 눈에 걸린다

뽀얗고 파란 발

그는 마루의 삐걱이는 소리 없이 들어와
조용히 방석을 깐다

지저귀던 새가 멈춘다
익어 가던 감이 머문다

至心歸命禮 十方三世 帝網刹海 常住一切 佛陀耶衆
지심귀명례 시방삼세 제망찰해 상주일체 불타야중

그림자가 늘어진다
그림자가 겹친다

외계의 그 방문객은 눈을 감는다
나는 그의 뒤통수를 바라보면서

묘한 숨을 쉰다

찰나에서 겁을 살아 본다
나는 거기 있었다
겁에서 찰나를 떠올린다
나는 거기 있었나

파아란 뒤통수가 부처에게 목례한다
머무르던 금빛의 이도 답례한다

아무것도 걸치지 않은 그의 파란이
아무것도 아닌 순탄이 되었다

법당을 나온다
새가 감을 쥐고는 홀연히 사라졌다

우연한 시인

나는 누군지 모를 그 우연한 시인을 사랑하려 한다
길을 걸으며 스스로 속삭임에 젖어 있을 당신
나는 당신을 위해서라면
처량하게 견뎌 낸 봄을 기꺼이 선사할 것이며
내가 시라고 일컫던 나의 문장들을 이야기해 줄 것이며
내가 소스라치던 흙의 촉촉함을 알려 줄 것이다

우연한 시인이라는 당신은 알고 있는가
이미 알고 있었나

나는 내가 성스럽다고 생각하던 나의 모든 것을 떠벌렸는데
당신은 당신을 멈춰 세운 나를 보고도 미소를 띠는구나
아 당신은 이미 알고 있었나
내가 힘들게 봄에 깨어났음을
매일의 건조하고 축축한 땅을 견뎌 왔으며
그 척박함 속에서 내가 우화했음을

내가 누군지 모르는 당신이라는 시인은
노래하며 알고 있었구나

내가 당신을 사랑하려 하는 것도

봄은 빗속에서도
여전히 봄이었구나

바위야

바위야
나는 네 이름이 바위인 것이 두려웠다
네가 선택하지 못한 이름이겠거늘
너는 일말의 한 소년으로서
때로는 산의 우직함에 몸을 낮추고
때로는 바다의 홀연함에 마음을 뉘이고
때로는 바람의 혹독함에 숨을 잘게 골라야 하거늘
네 이름이 바위인 탓에
행여 네가 그것들에 맞서기만 할까 봐
너의 서러움을 단단히 묶어만 놓을까 봐 두려웠다

바위야
바위도 갈려 나간다
바위라는 단단한 녀석도 슬퍼하고 외로워하며
때로는 행복해하며 남몰래 뜯겨진다
그 떨어져 나간 보잘것없음이
돌이 되고 모래가 되어 또 다른 세상을 이룩한단다

바위야

자랑스런 나의 바위야

나는 너의 거대함을 언제든 안아 줄 터이다

그러니 나를 내면에 새기고

편히 한숨을 쉬어라

이혼한 외계인과 퇴사한 귀신

이혼한 외계인과 퇴사한 귀신
장소는 동네 호프집

이혼한 외계인이 외로움에 대해 설한다

인구수 꽉꽉 들어찬 서울 한복판에 혼자 있는 외계인이
외로울까
망망대해 한가운데 혼자 사는 외계인이 더 외로울까

도심에 사는 외계인은 그러겠지
아 나는 사랑받을 만한 외계인인데
세상 사람들 눈이 이상한 거야
섬에 사는 외계인이니 이러겠지
아 나는 사랑받을 만한 외계인인데 주변에 사람들이 없어
서 그런 거야

- 애 딸리지 않은 외계인은 지방법원 정문을 나오면서
이런 생각을 했었다
씨발 내가 다시 사랑하나 봐라

퇴사한 귀신이 먹는 것에 대해 설한다

먹으려고 사는 걸까 살려고 먹는 걸까

이건 먹는 행동에 대한 이야기가 아니야
나는 입에 음식물을 넣으면서도 내가 왜 사는지 모르겠는
데, 저번에는 옥상에서 뛰어내리려니까
배가 고파 죽겠더라고

- 어제, 월세에 보험금에 통신비, 평균 식비를 빼고 남은
돈 이만 원으로 귀신은 황금올리브치킨을 시켜 먹었다

호프집은 동네에서 가장 허름했으나
분위기는 슴슴했고 가격은 저렴했다
외계인과 귀신은 한 동네에서 나고 자랐고
성장하면서 커 가는
자신들의 가슴 구멍을 알아차리지 못했다
잔을 부딪히고 들이켜진 맥주가
그 구멍으로 흘러나왔다
그리고 그 구멍은 누구에게나 있었다

열대 우림

우 끼이익
낡은 경첩에서 풍기는 냄새에
어린 아이가 화들짝 놀라 엄마 품으로 깡총 뛰어든다
엄마옴마 무서워요
침팬지의 그 날것의 냄새가 무서워요
엄마는 아이의 젖내 나는 갈색빛 머리칼 냄새를 맡으며
고민한다
아가야 침팬지는 우리의 기원이란다
아가야 저 울음은 우리의 탄생이란다
한 송이의 그득한 버네너처럼 생각을 키워 보지만
야릇한 무지함에 말을 멈춘다
끼이이익
문이 닫히고 정글이 녹는다
아이는 엄마의 털을 한 움큼 집고 울었는데
그 소리가 잘린다
콩고강 남쪽 끝 낮은 지대의 보노보 족장은
모든 것을 알고 계시기에
자기 무리의 가장 막내 아기를
더욱이 끌어안아 얼굴을 숨긴다

끼이이이익

우우우우우

문이 닫힌다

자유 의지

일그러진 세상에서의 자유 의지를 되찾기 위해 투쟁한다. 무릇 투쟁이라 함은 톡 쏘는 최루와 검붉은 혈흔을 일컫는다 생각하겠으나, 자유 의지는 내면의 본질적 성질에서 발현되는 것이므로 골목에 내몰려 몰매 맞을 일이 없다. 그러나 그러한 육체적 고통과 거의 비등한 고통이 수반된다. 바로 정화이다. 끊임없이 생성되는 알량한 자의식과 건방진 태도들. 어떠한 하나에 매몰되어 그것이 나인 양 행동하는 감기들. 그것들이 몸에서 말끔히 떨어져 나가야 한다. 찐득한 허세를 떼어 놓는 일은 고통이다. 몸 중심에 박혀 있는 쇠파이프는 얄밉게도 굴곡져 있어, 정화는 아이러니하게 상처를 동반한다. 그러나 그 순간을 또렷한 동공으로 보아라. 그 상처는 가짜다. 나에게서 떨어지기 싫어하는 투정이다. 우리의 투쟁은 한낱 투정에 속지 않아야 한다. 자유 의지란 그런 것이다. 거짓에 매몰돼 있고 투정과 시기, 질투, 광기의 사랑 따위에 가려져 있다. 다급한 전화를 받는다. 아아, 당신이 벗으려는 살갗은 당신의 전부입니다. 내면은 비어 있지요. 살갗의 소멸은 곧 죽음을 부릅니다. 아아, 그런가요. 그러라고 하세요. 나는 자유 의지를 찾아야 합니다. 벗는다. 벗으며 드러난다.

땅이 휘고 하늘이 돈다. 휘청거리며 정화한다. 혼란한 틈에서 자유 의지가 드러난다. 나는 그 초라한 검을 뽑아 든다. 손바닥만 한 의지. 그 초라함이 예리하다. 날 위에 선 느낌이다. 알고 있는가. 이 날카로움이 분명함을 띠고 있다는 걸. 나는 알아내었다. 거짓된 삶의 심장은 자유 의지로만 꿰뚫 수 있다는 것을. 그것이 자유 의지의 표상이다.

비범

아 비범하다 죽고 싶다

나는 2020년대의 계급의 패배를 인정하는 세대

386의 월셋집과 대기업의 녹물을 받아먹는 세대

마르크스의 철학을 유념하겠습니다

이념은 DMZ의 유실 지뢰처럼 떠돌고

그래서 비가 많이 오는 날을 걱정한다

혹여나 흙에 쓸려가

나의 비범하고픈 욕망이 발견될까

침팬지 폴리틱스에서 정치를 배운다

기저에 깔려 있는 욕망으로 운영되는 그 세계는

비범이 서려 있다

비범은 지명 수배되어 있지 않다

모두가 혹성탈출의 시저

말을 타고 비범을 뱉는다

창밖에 비가 오고

월셋방의 방충망은 뜯겨져 비를 흘리는데

나는 자다가 스스로 놀란 근육처럼 움찔하며

근섬유의 비범함만을 자랑한다

순진한 고릴라는 오늘도 가슴을 쳐야 한다

2부

여름

멎고 있지 않다
멎지 않고 있다

너의 꿈

나는 품으려고 네 몸에서 새는 한숨을 주워 마신다
요점이 사그라진 조직과 허울이 굳건한 너의 꿈에서
내가 할 수 있는 일이라곤 서서 담배를 태운다던가
발로 애꿎은 땅을 지진다던가 너를 기다리던가 따위이다

후두툭 떨어진다 네가 지나간 속내에는 너를 흔들어 버릴
것만이 가득하고 다섯 시간이 지나갔음에도 왜 떠나질 않
았냐는 너의 야단에 나는 너의 단발머리를 칭찬한다 나는
그것이 너무도 아름다웠기에

밥알을 서너 알 흘리며 센다 너는 그리고 허름한 메모장
에 볼펜 찌꺼기를 문댄다 나는 내 무릎 위에 가지런히 펼
쳐 둔 냅킨이 비둘기처럼 뛰놀러 가는지도 모른 채 어디
론가 뛰쳐나간다 홀로 너는 떨어진 밥알을 늘리고 나는
돌아와 조금 늦어진 시간을 위로하며 너를 뒤에서 껴안는
다 네 허전함을 주워 마신다

완전하지 않은 내가 불안정한 너를 안는다 이상(理想) 하
지 못한 네가 나를 현실이라 생각한다 나는 늘 너의 무수
한 사실을 품는다

쇼펜하우어

평생을 질투와 결핍 속에 산 철학자가 있다

그는 자신을 철학자라고 소개했다

그러고는 당대의 위대한 철학자를 질투했으며

인간이 사는 이 세계는 단테의 지옥과 유사하다고 매일

밤을 울부짖었다

아버지는 자신에게 우울의 유전자를 남겼고

그는 그것을 법칙처럼 따랐다

우울한 그의 모습은 말 잘 듣는 어린아이 같았다

자신의 책이 팔리지 않아도 꾸러미를 싸 들고

장에 나가기는커녕

영겁의 결핍이라는 호수에 빠져들기만 하였고

그러면서도 혹여나 집에 누군가 스며들지 않을까

그는 자는 동안 문을 잠그지 않았다

후에 자신의 정신을 계승한 이가 미쳐 버려서

채찍 맞는 말을 끌어안고 울었다는 이야기를 듣는다면

자신의 철학이 팔리지 않던 철학자는 기뻐하였을까

아마 자신의 표상이 의지로 뒤덮인 채

그날 밤 이불 속에 파묻혀 헤어 나오지 못했을 터이다

거대한 세상의 의지와 그 의지를 따르는 표상은

놀이공원에 자신을 버리려는 아버지의 손을 잡는 것과 같다

자신의 철학이 알려지지 않던 철학자는 어떠했을까

아마 그는

의지의 손을 꽉 움켜쥐지 않았을까

그 행동이 반항인지 협력인지는 알 수 없으나

나는 뒤돌아 울었을 그를 껴안고 싶다

그날 밤 유일하게 철학이 울었다

남의 나라 인공위성이
내 머리 위로 떨어진다는데

나는 전쟁을 민담으로 들었던 세대로서
나는 살육을 다른 차원에서 겪었던 사람으로서
남의 나라 인공위성이 내 위로 떨어지는 걸 막을 줄 모른다
인공적인 위성이 나의 나라로 떨어지는 걸 모른다
소련이 쏘고 미국이 쏘고
중국이 쏘고 북한이 쏘고
쏘는 족족 처맞는 우주는 얼마나 열이 올랐기에
남의 나라 인공위성을 내 머리 위로 때려 넣는가
맞고 죽은 책임은 코쟁이들의 암내에 휘둘린
노란 원숭이를 통해 우리 엄마 주머니로
몇 푼 흘러 들어가겠지
두 쪽 난 내 머리는 그 시절 분단처럼 뒤엉켜
우리 할매는 흥남에서 엄마를 찾겠지
쪼개지고 붙이는 게 역사라고 배웠으니
반복되는 것이 죽음이라 배웠으니

남의 나라 인공위성이 내 머리 위로 떨어진다는데
맞아 죽은 나는 그럼 우주인이 될 수 있을까
이 복잡한 사회에 촌티를 그만 풍기고
저어 우주로 가 맞기만 하련다

서울

어디냐길래 서울인데
소울이라 오타를 날렸다

영혼도 없이
나는 또 거짓말을 해 버렸다

숯

너라는 사람은 숯이란 걸 도무지 이해 못 하는 거 같다

숯이란 헐벗은 숲이 부끄러움을 이기지 못하고 녹아 버린
것이다
겹겹이 밀려오는 지하철처럼
이어져 온 것들이 출구 없이 압축되어
말없이 꿈뻑거리는 것이다
떨어지는 밤에 떠나갔던 사랑과 마주친
나에게로 던져진 허망한 시선이다

무너진 잿더미 위에서 비애를 더듬으며
울지 않을 수 있는 이유를 찾는 일
내 뜨거운 생애를 되찾는 일
그게 숯이라는 거다
다 타 버린 마음이란 거다

그러면서 얼빠진 표정의 네 손이 나를 뚫고 들어와
툭툭 내 애수를 털어 버리면
나는 어떻게 네 앞에 주저앉지 않을 수 있을까
솟구치는 억장을 어찌 참을 수 있을까

하루만 눈을 감지 말까 우리

하루만 눈을 감지 말까 우리
새벽 4시에 일어나 사람들이 겨드랑이를 긁을 때
우린 그 밑에서 몰래 차에 시동을 걸고

초록색 나무를 읽고
파란의 새벽과 너의 다홍빛 뺨을 비교하며
꼿꼿한 졸음에도 눈을 감지 말까 우리

뒤돌아 울던 강원도 바다에 말을 걸어
격양된 파도가 우리의 무릎을 치대도
같이 슬퍼하며 눈을 감지 말까 우리

따스한 햇살이 나의 머릿기름 냄새를 띄우고
저무는 시간이 너의 수줍은 복숭아뼈를 드리우고
넓혀진 별들이 우리의 추억을 상영할 때

함께 벤치에 누워 작은 감상의 시를 쓰며
너의 비애와 나의 행복을 만나게 할까 우리
그들이 서로 안아 주는 모습을 보고도

눈을 감지 말까 우리

다시 서리가 피어나
내일이 너를 녹여
네 손을 흘려보내게 되면

눈을 감아도 될까 나는
우리의 시간이 도망가지 않게
입술을 꽉 깨물고
너를 삼켜도 될까 그땐

거리에 핀 목련을 보고 울으셨다뇨

하얀 개가 자잘히 운다
흰 카펫은 들춰 봐도 단단했고
기온이 일어나지 못하는 나날에
나는 넋을 사지 못했다

오랜만에 바깥을 나온 아이는
추워서 놀지 못하겠다며 울었고

우연찮게 밖을 나온 나는
걸어도
담담한 땅이 나를 받아 주지 못해
진동은 다리와 몸을 타고 머리를 울렸다

때 묻은 개가 흰 밭에 오줌을 눈다
그 줄기를 따라 김이 우글거리며 울고
차가운 발바닥을 움츠린다

서느런 것들과 창백한 것들 투성이에서
한날

도톰한 목련 잎이 우는 것을 보았다

거리에 핀 목련을 보고 울으셨다뇨

깨어나는 일
태어나는 일
그리고 나를 봐 달라며
작게 우는 일

다시 울어야 할 시간이 되었구나
자잘히 숨을 쉰다

삶이란 세워 달라는 지점에서 몇 바퀴를 더 굴려

기어코 100원을 올리고야 만 택시와도 같다

제철

뽑아만 주시면 열심히 하겠습니다
당찬 포부를 외친 뒤통수로
물 한 바가지 쏟아진다

채용 담당자입니다
지원자님은 면접 전형에서 불합격하셨습니다
귀한 시간 내주셔서 감사합니다

반포대교 일대 어수룩한 하늘 아래서
가느다란 낚싯대를 떡밥 없이 던져 본다
흩날리는 찌와 일렁이는 마음
괜스레 바늘로 한강 등바닥을 벅벅 긁어 본다

따르릉
어 엄마
면접?
잘 봤지
취업 기념으로 맛있는 거 쏠게
회 사라고?

어…

회 사는 건 아니고

우리 고기 먹으러 가자

요 앞에 새로 생긴 고깃집

갈비 무한으로 주는 곳 생겼대

아들 해산물 안 좋아하잖아

그래 다음 번에는 꼭

회사 줄게

유약한 봄

목련이 짓이겨진 냄새가 흐른다
봄은 불완전한 행복
그 계절은 강물에 침을 뱉어도 유약해지지 않는다
다만 색색의 꽃을 틔우며 연약함을 감출 뿐

숨이 어는 시기가 지난다
숨은 어류들이 격동하고
땅이 녹아 흐른다
자잘히 흩날리는 꽃잎 속에
나는 수줍게 으스러진다
즐겨도 되는가 모르겠어서

피고 지는 일이 이번만이 아님을 되뇌인다
나무는 지난 봄에도
내년 봄에도 소리 내어 탈피하였고
수만 년 전에도 수억 년 후에도
피고 지는 것이 내 눈앞의 사물만이 아닐 것이다
들이쉬고 내뱉음의 여운은
시간의 존재를 믿지 않는다

허약한 봄이다
봄이라는 단어는 허약한 말이다
그 말에 속지 말자
눈을 감고
앞에서 자라나는 것을 믿으라

어지럽고 부동하는 표면을 침잠하면
그 깊은 곳에 한 꽃
숨 막힐 듯 고독한 지혜의 시가 보인다
시는 퇴색되면서도
당당함을 숨기지 않는다
그 또렷한 눈을 응시하며
내 격동의 어린 순간들
유장하고 서글픈 공간에 낙화하리라

한 구절 한 문장이 허공과 같다면
그 뿌리를 우직이 뜯어
목련이 짓이겨진 향기를 맡아라
그 향기는 아득하여
우리를 숨 쉬게 해 줄 터이니

유약한 봄은
슬프지 않을 것이니

단막

나의 존재를 묵과하고 너를 바라본다
네 눈엔 무엇이 가득 차올라 있는가
나는 그저 시를 쓸 아량밖에 되지 않아
속을 들여다볼 수 없다

그럼에도 너를 찾는다
나의 오류들을 아랑곳 않고 양심 없이 너를 찾는다
늘 내가 있어야 할 곳은 너의 옆인 것 같고
그 순리는 아마존의 숨결처럼 당연하고 아득하다
너는 어떻게 생각하는지 모르겠지만 말이다/

가느다란 손과 솜털을 가진 귀
그 마디에서부터 채워져 완성된다 너는
작은 것들은 아름답고
차오른 것들은 성스럽다
내가 흘린 나지막한 공기의 진동이 너에게 닿기를
설사 가을의 낙엽처럼
너의 앞에서 저물어도
한 쪽 무릎을 꿇어 나를 주워 주길/

틈 없는 비가 내린 지 이틀째다
그렇다고 나는 비를 미워하지 않는다
하늘이 어둡다고 싫증 내지 않고
차가움과 수더분함 그 사이의 온도를
있는 그대로 느낀다
그러한 태도는 나의 삶에 적용되고
너에게 적용된다/

50억 년의 얼마 안 남은 수명 사이
네 곁에 2억 년 정도만 머무르리
그 정도면 됐다 나는
머무는 동안 이미
100억 년의 따스함을 받았으니
그저 소멸할 때에
비너스인 나를 삼켜 주었으면/

잠시 만난 성인이 그러더라
순간을 살아가세요
끄덕이며 속으로 생각했다
네 옆에선 평생의 순간을 살아야지
너는 어떻게 생각할지 모르겠지만 말이다/

옥상 살던 개의 흔적

그를 보셨나요
옥상에 머물던 작은 그를요

그는 늘 관조하셨어요
혀를 주욱 뻗어
횡단보도 앞에 고개를 내리깔고 걷던 이의 턱을 치켜 올
리고는
그의 작은 구멍을 메워 주셨어요

그는 늘 역정 내셨어요
스스로의 감정을 알지 못해
호떡 반죽처럼 질고도 무른 자신의 뺨을 짓누르던 이를
보고는
그의 속살에 파고들어 달콤한 설탕즙을 긁어 드셨어요
그러고는 왜 자신에게 진작 주지 않았냐며
우리는 알 수 없는 언어로 소리치셨어요

그의 꼬리는 스프링 풀리듯 늘 휘몰아쳐
옥상을 헤집었어요

날아가는 뼛조각과
엉킨 털 뭉치들
(아 그건 나의 주식이었어요
울컥하는 위장을 달래어 주는)

비가 올 땐 하늘에 짖었고
눈이 올 땐 눈 위로 몸을 굴렸고
하늘이 좋을 땐
조금의 따스함이라도 내어주고파서
작은 개집에 깊숙이 숨어 버리셨어요 그는

그는 떠났나요
초록 페인트 숲속을 떠나 어디를 가셨나요
등을 깔고 흙을 선망하던 그는
또 얼마나의 슬픔을 베어 먹으러 가셨나요
나는 내 속에 난 그의 이빨 자국을 기억해요
누구도 알 수 없던 곪은 심장의 자국을요

나는 서글픕니다
다만 그렇기에 기쁩니다
나는 또 하나의 작은 존재가 되었고
짧은 다리와 무량한 마음으로
지루함을 좇아 먹으며

그처럼 하루를 살아갈 것입니다

그를 보셨나요
아니 찾지 않는 편이 낫겠군요

바다와 육지

바다가 그립고도 육지가 그립다 육지가 슬프고도 바다가 슬프다 바다가 육지이고 육지가 바다다 육지는 바닥이 없고 바다는 주위가 없다 바다는 짜지 않고 육지는 쓰지 않다 육지는 호기롭지만 멍청하고 바다는 우아하지만 촌스럽다 나는 바다이고 내가 바라보는 나는 육지이다 내가 바라보는 육지는 바다이고 나는 육지이다 육지는 바다 아래에 떠 있고 바다는 육지 위에 가라앉아 있다 바다에서 투신하였더니 머리 위에 육지가 있다 육지에서 뛰어올랐더니 발아래 바다가 있다 바다와 육지가 서로 스며든다

스님의 걸음 뒤에는 내가 있다

사찰 한 켠에 앉아 그는 잠을 청한다
그는 입을 다물고 하품을 한다
코가 벌렁이는 것을 숨기려 하면서
허리에만 긴장을 주고 잠을 잔다

종과 목탁이 울린다
새들이 서럽게 울고
그 외에는 앉아서 자는 이의 하품 눈물만이 허락되어 울
어진다

아무도 모른다
그가 자는 것을 대부분은 명상이라 여긴다
그의 평온한 표정을 보고는
열반에 들어갔다고 여기고
그만큼의 반야를 지녔구나 여기며
그를 향해 합장하고 지나간다
앉아 자는 그는 엉덩이에 작은 돌을 빼내고
다시 잠을 잔다

지긋한 스님이 걷다가 그를 발견한다
그는 수십 년을 수행하며
깊은 불도를 쌓았고 명만 같은 법회를 할 줄 알았으며
세상의 지혜를 내재화하였다
방금도 몇 시간에 걸친 강연을 끝내고
잠시 뒷길을 산책하는 중에
앉아 자던 그를 발견한 것이다

스님은 그의 옆에 앉는다
사람들은 여전히 그를 향해 합장하고
스님은 그냥 지나친다
스님은 그의 옆에서 어정쩡한 자세로 눈을 감는다
삶이란 것도
과거와 현재 미래라는 것도
그 안에 숨겨진 무수한 고통을 고뇌하지 않고
앉아 자는 그처럼 그저 눈을 감아 본다
잠에 든 스님은 살며시 미소를 띠고
사람들은 그제야 두 사람 모두에게 합장한다

앉아 자던 그가 미간을 찡그린다
벌레가 눈을 치고 지나가 잠시 열린 눈꺼풀 사이로
햇빛이 들어왔기 때문이다

세 뼘

울창한 숲속의 작은 묘목은 아침을 기다린다 아침의 어두
움을 지우개로 지워 낸다 시간은 정렬되고 마침내 저 무
수한 별들 사이로 나약한 태양이 떠오른다 그 작은 항성
은 숲으로 손길을 뻗는다 드넓은 잎들이 묘목의 눈을 가
려 세상을 보지 못하게 한다 그러나 닿는다 그 복잡하고
서글픈 가지와 잎들을 지나 소외된 묘목의 복부와 허리춤
에 닿는다 세 뼘 정도의 따스한 손길이 작은 화상을 일으
킨다 앞이 가려진 묘목은 그 온도로 세상을 가늠하며 뿌
리를 뒤적인다 땅이 지저귀고 지저세계의 생명들이 춤을
춘다 묘목의 가지가 수줍게 달아오른다 잎은 간지러움을
참지 못해 미소를 띤다 새들이 상냥해지고 하늘이 다정해
진다 구름을 걷어 내고 저 작은 별의 눈을 헤아려 준다 같
이 깊은 숨을 쉬어 준다

묘목은 아침을 기다린다 아침은
그렇게 잠시 모두에게 머문다

몽골

신이 발을 헛딛어 생긴 몽골의 평야에서
나는 돌아오지 않는 적막을 느낀다
책임의 굴곡을 짊어진 낙타는 윗입술을 핥고
말은 얼마 남지 않은 신기루를 향해 달린다
모래 알갱이는 스스로를 잘게 쪼개어 무리를 만들고
안개는 차올라 바위산의 뺨을 간질인다
잃어버린 길을 찾아 도약하는 독수리와
답을 찾아 수 세기를 녹지 않는 협곡의 얼음 바위
중심인지 모를 어느 곳에 서서 주변을 둘러본다
나는 어디에 있는가
야생의 야크들이 어금니로 풀을 짓이기는 그 남루한 시간
동안
홀연한 나를 들여다본다
헤아리지 못할 숨이 쉬어지고
광활한 대지에 태양이 녹아들어 어둠이 드리워지고
수억 광년 너머의 손님들이 밤하늘을 가득 채우면
비춰지는 발자국을 따라 발걸음을 뗀다
채워지는 두 눈과 다져진 가슴을 믿고 걷는다
어딘지 모를 머나먼 그곳을 향해

새파랗게 어린 파란(波瀾)들

청

어제보다
바다가 조금 더 목말라 보이는 여름입니다

손가락에 힘이 느슨해져
나는 당신을 기다린 날을 세는 걸 잊어버렸습니다
지금은 하염없을 뿐입니다

당신의 여름은 어떻습니까
가라앉은 공기가
당신의 미소마저 밀어냈을까 걱정입니다
기다림을 받는 당신은
조금 덜 지쳤으면 합니다

저는 가려진 이마를 들추어내고
가슴에 얹혀 있던 손을 떼어 보고
고르지 못한 숨을 꾹 눌러 내 봅니다
부유하며 머무르는 것들에 환기가 필요하듯
멀미를 참고 일렁이는 것들을 맞이해 볼까 합니다
조금 더

어른이 되어 보려구요

당신의 안녕은 잘 흐르고 있나요
나는 그대의 밝음이 모든 것을 녹여 낸다는 걸 알면서도
시선은 그대의 뒷짐 진 손에 머무릅니다
나의 파심을 이해해 주세요
나는 그대의 깊은 눈이 좋습니다
당신만이 알던 수심을 헤아려 줄게요

우리의 여름은 어떤가요
나는 잘 모르겠습니다
매미가 우는 것도 같고
당신과 내가 우는 것도 같습니다

당신의 땀을 오해하지 않으려 합니다
그러기 위해 나는 오늘을 웃고
내일을 웃겠습니다
당신에게 가장 자연스러운 미소를 보여 주기 위해서요

나의 여름은
서서히 그대에게 다가가고 있습니다

녹

여름의 공기가 턱 언저리에
먹먹히 가라앉아 있다

속삭이는 공공의 소리
물속에 있는 듯
마치 누구나 아가미를 가지고 있다는 듯
그렇게 염치없이 서 있지 않는다
매미가 까치발로 걸어 돌아가는 시간

우리는 여름의 표본인가
침엽수에 고정되어
내가 움직이지 못한다던가
네가 미어진다던가 한다
가만히 있어도 흐르는 시간
햇빛에 타지도 않는 겨드랑이
우투리는
지 어미를 미워했을까
이런 무더운 여름에

울려다

하품으로 끝낸다

녹이

홀연히 걸려 있다

지치지 않고

나는 그걸

녹색이라 해야겠다

비늘

삶이 매끄러워질 수 있다 하여
비늘 옷을 한 겹 사 입었습니다

더는 강아지풀에 베이지 않겠죠
이젠 옷깃에 스치지 않겠죠
다신 세상의 모진 말들에 걸려
넘어지지 않겠죠

여름은 오늘도 선합니다
감은 눈을 비춰 선명하고
힘겹게 쌓아 올린 착각을 푹 적셔 버립니다
모든 것을 잃어 홀가분해지고
나는 갈 곳을 몰라 선해집니다

바다에 뛰어들어 볼까요
파도에 매끄럽게 치여 볼까요
이번에는 사랑이란 것을
극복해 볼까요

옷이 벗겨진다면
내가 뒷걸음질 쳤다는 거겠죠
괜찮습니다
부끄러움이 부끄럽지 않도록
꼭 껴안아 줄게요

비늘 옷을 사 입었습니다
비늘 옷을 사느라
저의 모든 걸 주었습니다

피치 못할 꿈

누군가가 여름이 찾아와서 울었다는 이야기를 들었다

차가운 눈을 가진 그는
추위가 힘들었단다
얼음 조각이 눈앞을 빙빙 돌아
봄을 건너려 하면 들숨이 얼었고
가을을 되짚으려 하면 날숨이 먹어 치워졌단다

고립된 겨울이었단다
입으로 맴맴 소리를 내며
웅크리고 앉아 헐떡거려도 추웠고

내가 진정한 사랑을 했었을까
헤아리다 얼어 톡
부러져 버렸단다
순간 차오른 적막이 퍽 마음에 들어
시린 작약 꽃잎 한 장을 뜯어 시를 새겼단다

떠나고 떠나보냈단다

발치에 얼음장을 질러

떠나라고

서글픈 여름으로 흩어지라고

당신들이 가서 침을 흘리든

울든

내가 품은 꿈과는 무관하다고

그러니 가라고

보이지 않는 언어로 꿈을 꾸며

윗목에서 울었단다

그러다 피치 못할 여름이 왔단다

영영 헤어진 줄 알았는데

그는 어쩔 줄 몰랐다

태양에 눈이 멀까 봐 눈을 감았고

풀잎에 몸이 베일까 잔뜩 웅크렸단다

웅크리고 보니 알겠더란다

여름이 찾아왔다는 걸

그렇게 그는

한없이 젖었단다

자신을 힘껏 끌어안고

여름 병원

나아졌다는 건 누가 정의하나요

인중에 땀이 얇게 펴 발라졌기에
오늘의 환자식은 슴슴합니다

내가 묻고자 하는 건
먹고사는 문제가 아니라
이 어긋난 매트리스에서
언제쯤 벗어날 수 있냐는 겁니다
대체 언제쯤

채혈할게요
숨을 고르게 쉬시고
피를 흘리세요

저의 눈은 여전히 촉촉합니다
대들보인 허리와
믿음직한 시공사의 콘크리트 같은 두 다리로
왕년에 여섯 식구를 둘러업고도 나아갔습니다

나는 여전히

나아갈 수 있습니다

엑스레이 찍을 거예요

살갗에 뼈 숨기지 마시고

오늘은 부끄럼 없이 잘 찍어 봐요

아직도 시간이 필요한 건가요

저는 시간에 다다를수록

더 이상 회복되지 않고 무너집니다

기다림에 끝에는 누가 있길래요

형편이 복구되면 무엇이 존재하길래요

나를 이리 땀방울처럼 달고 있나요

나는 떨어져야 합니다

자식들에게 몽매하고

세상에 해 줄 말이 없으니

나는 보이지 않는 시선 너머로 사라져야 합니다

이 하얗고 선명한 벽

여름의 병원 그 안에서

하얗고 하얗게 색을 바랄 테니

나를 놓아주세요

눈을 감아도

어두워서 서럽습니다

분홍

복사나무 가득한 과수원에 앉는다
선홍빛 햇살이 비춘다
손을 내릴까
너의 잎은 늘 다정하다
그만큼만 나는 더 기대어 본다
분홍 잎 하나
올곧게 자라 주었음에
한마디 더 얹지 못한다
지금도 나는 너의 그늘 밑

복숭아 한 입 베어 문다
구름은 잠시 시간을 늦춰 주고
뺨을 간질이며
나의 사랑이 흐른다
가지 말라는 너의 말에
나는 웃으며 머무르겠다 말한다
나도 그러고 싶었으니까

네가 하늘을 향해 가지를 뻗는 일

내가 너를 향해 애틋함을 펴는 일
비옥한 땅을 통해 퍼진다
소망과 소망이 맞닿고
채워지는 오늘의 햇살 그리고 우리의 손
눈이 참 맑구나
여름이 가득 차 있구나

미련함의 다른 말은
영원히 이다
내가 늘 미련하게
너를 사랑해도 될까

사람과 사랑

엄마는 나에게 처음 한글을 알려 주실 때
사람과 사랑은 같은 것이라고 하셨다

엄마는 나의 받아쓰기 만점을 바라지 않는 것 같았다
분명 ㅁ과 ㅇ은 다른 거라 배웠는데
받아쓰기에서 사람과 사랑은 너무도 많이 나오는 단어인데
나는 무엇이 정답이고 무엇이 틀린 건지
너무 헷갈렸다
찡그린 내 표정에
엄마는 웃기만 하였다

한날은 같은 반 수빈이가 날 너무 괴롭히길래 엄마에게
일렀다
자꾸 내 물건을 뺏어 가고
쉬는 시간마다 내 손을 잡고 학교 뒤 텃밭으로 가
새싹을 보여 주었다
나는 새싹엔 관심이 없는데 말이야

엄마는 병원 침대에서 일어나며 말했다

이번엔 정답을 맞췄네!
웃으며 말하는 엄마의 모습에 이해는 안 됐지만
그래도 엄마가 웃으니 안심이 됐다
그리고 친구와의 일이
웃어넘길 수 있는 일인 것 같아 마음이 편해졌다

주에 한 번 보는 받아쓰기 시간이 돌아왔다
나는 오늘도 사람과 사랑을 반대로 써서 틀렸지만
내 짝꿍 수빈이가 열이 나길래 양호실로 데려다주었더니
나에게 고맙다고 말해 주어 뿌듯했다
받아쓰기를 다 맞은 기분이었다

학교가 끝나자마자 엄마한테 자랑하려 병원으로 달려갔다
병실 입구엔 어른들이 모여 있었고
회사에 있어야 할 아빠 목소리가 안에서 들렸다
나는 들어가려 했으나 할머니가 주름진 손으로 막더니
나를 들쳐 올리며 아이구 내 새끼 울기만 하셨다

받아쓰기를 한 지 고작 삼 주가 지났을 뿐이었다

엄마를 더운 나라로 떠나보내기 전에 잠시 만났다
엄마의 몸은 미음처럼 단단했고
엄마의 얼굴은 이응처럼 동그랬다

나는 그제야 알게 되었다
강인한 마음은 사람이고
부드럽고 온화한 미소는 사랑이구나
사람의 사랑은
사랑하는 사람은
같은 것이구나

며칠이 지나 학교를 갔는데
아이들이 몰려와 한 명씩 날 안아 주었다
마지막에 수빈이는
나에게 하트가 그려진 편지를 건네주었다

나는 엄마처럼
여름의 햇살처럼
내 짝꿍 수빈이에게
싱그럽게 웃어 주었다

맹목적인 선이 무수한 발자취를 남기기를

장마철 라디오

오늘 아침, 본격적인 장마가 시작되었습니다

출근길에 어느 여성분이 하늘을 향해 손바닥을 뻗더니
짜증 나는 표정으로 앞머리서 헤어롤을 슥 빼내더군요
한동안은 앞머리가 통통 튀는 날이 줄어들겠네요

장마는 한랭다습한 오호츠크 기단과 고온다습한
북태평양 기단의 충돌로 생겨나는 현상입니다
충돌하며 머물기에 정체전선이라고도 하죠

비단 이러한 기단과의 충돌뿐만이 아니라
무언가와의 충돌은 늘 비를 뿌리는 것 같습니다
예를 들면 외로움과의 충돌 또는
사람과 사랑 간의 충돌 따위로 인해 말이죠

또한 비바람은 우리의 우산을 날려 버리기 십상입니다
그 유약한 알루미늄 막대는 장대비로부터 유일하게
우리를 지켜 주는 중요한 물건인데
고약하게도 그것마저 뒤집어 버립니다

하나뿐인 소중한 것을 말이죠

그러나 저는 문득 이런 생각이 들었습니다
치켜올려진 자신감과
충돌로 인해 무너지는 것들과
날아가는 버팀목들을
차라리 장마에게 줘 버리는 것이 어떨지요
악착같이 쥐고 있던 시간들과 감정을
속에 재워진 한심한 슬픔들을
모른 채 슬그머니 바닥에 쏟아 버리는 겁니다
유려한 빗소리와 함께 말이죠

걱정 마세요 괜찮습니다
장마는
넘어져 쏟아진 것들이 씻겨 나가는 때입니다

오늘 하루도
시작해 보겠습니다

여름빛

오전 일곱 시와 저녁 일곱 시가 붙어 있는 나의 하루
폐포처럼 빼곡한 건물로 출입하는 길은 눌린 듯 둔하다
나는 그 건물 안에서의 삶이 전부인데
21세기 보릿고개를 이겨 낼 유일한 방도인데
신은 알람을 늦게 맞춰 뒀는가
아침이 열리는 시간이 미적거리고
지는 시간은 옅다
남들이 팔에 라인을 걱정하는 여름빛
나는 바를 정 자를 벽에 새기며
관성으로 나아간다
그 생이 곧
삶의 공백을 만드는 셈인지도 모른 채

무더위가 기승인데 누구 하나 방제하지 않는 여름
아무것도 하지 않을 거면서 왜 이렇게 호들갑인지
단골 반찬 가게마냥
그 무더위 어디 맛 한번 봅시다 할 수도 없는 노릇이고
그래서 나는 최대한 창가에 붙어
여름빛이 시다고 생각한다

저건 너무 서서 울 수도 있을 거야
그러니 내 속에만 머무르겠어
반찬 가게에 쿰쿰한 취두부는 팔지 않잖아

시샘에도 무너지지 않는 여름빛
거대한 망치로 내리쳐지는 여름빛
내려쳐진 공간은 광장이 되고
사람들이 모여 떠든다
노란 것들이 강퍅해지고
해는 바라기를 그만둔 채
만족의 함박웃음을 띤다

아 선명하여라
눈을 감아도 안에서 새 나오는 간절함이 망막을 건드리고
무수한 빛에 몸이 따스해지기를
이 서글픈 간절함에서 벗어나기를 소망한다
저 여름빛에 온몸을
나의 온몸을 담가 보자
해바라기야 네가 만족했다면
그 자리를 내게 양보해 주겠니
나도 늘 행복해지고 싶구나

여름 숲이 품은 자리에 피어난 푸르름

양복 위 둘레에 길게 숲을 두른 아버지가 아파트 층계를
오른다
카라의 삐져나온 실밥들이 하나의 여름 나무로 자라 청량
함을 흘리고
아빠 왔다라는 한마디에 숲의 동물들이 쪼르르 모인다

도토리로 현을 세던 다람쥐가 어깨 위로 껑충 뛰어오르고
그 밑에 두더지가 푸드득 수줍게 몸을 비빈다
무한히 부드러워지는 땅과 나무

숲을 인 아버지가 식사를 한다
옆에서 다람쥐와 두더지는 화음을 쌓으며
깃에 심어진 나무와 과실에 대해 쉴 새 없이 묻고
아버지는 쌀밥을 목구멍에 넘길 새 없이 답해 준다
붉고 푸르른 탄생
수저 없이 튀겨지는 숲의 볍씨들이 논을 일구고
웃음기에 새어 나온 씨앗들이 밭을 만든다
그렇게 올여름 여름 깃에 또 하나의 숲이 맺어진다
치켜 올라가는 미소

가끔 다람쥐는 밤이 무섭다

밤이 되면 나무의 허리선과 가지의 어깨가 축 처지는 듯
하고

꼭 아프지 않은 티를 내는 여름 깃의 숲이 아리다

내가 도토리를 더 심는다면 선명해질까

길을 잊었어도 수십 번 더 땅을 헤집는다

그게 나름의 헤아림이라고 믿는다

허나 아버지의 여름 숲은 이미 알고 있다

작디작은 손으로 파헤치는 사랑과

흙이 흩어지는 파란 애착들을

그는 다람쥐가 그저

한없이 사랑스러울 뿐이다

양복 위 둘레에 길게 숲을 두른 아버지가 아파트 층계를
내려간다

그 숲에 태양과 달이 수없이 오르내려도

숲은 지친 기색 없이 늘 청아하다

그 마음이 세상에 무엇을 뿜어내는지

숲은

여름 깃에 담긴 그 숲은 알기에

오늘도 숲을 이고 층계를 오르내린다

내가 악어라면 너에게 내 말이 닿을까

어제의 여름밤은 습했고
꿈에서 나는 아프리카 한복판에 악어였지
내가 사는 늪지는 나쁘지 않았어
발을 구르는 대로 나아갈 수 있었고
맑지 않아 늘 부릅뜨지 않아도 되었지

그런데 거기에도 너는 없더라
처음에 나는 떨림을 감추지 못했어
걷다가 부러진 가지를 밟아도 너일까 놀랐고
소금쟁이가 등을 간질이고 가도
손이 닿지 않아 서러워 울었어
가끔은 잉어가 지느러미로 내 뺨을 때리고 가더라
아마 내가 한심했나 봐

며칠이 지나고 몇 달이 지났나 봐
내가 조금은 적응을 했더라구
심장 박동을 분당 40회로 떨어뜨려
네가 떠올라도 담담하길 연습했고
맛있는 걸 먹을 때도 빙그르르 몸을 돌려

너와 같이 먹고 싶단 생각을 떨쳐 냈어
다만 음식을 삼켜 낼 때 눈물이 흐르는 건 어쩔 수 없더라
나는 악어였거든
나는 악어여서
다들 정글 숲을 지나서 가더라
너도 지나쳐 갔으려나

그거 알아?
악어는 입을 다무는 힘은 세지만
벌리는 힘은 약하대
그래서 떠올랐어

늘 내 욕심에 앙 다문 턱과
네게 진심으로 사랑한다고 자주 벌리지 못한 나의 입을

물에 비친 나의 모습을 바라보곤 해
주둥이가 아주 길쭉이 생겼는데
네 생각을 안 하려 해도 또 생각나더라
기다란 내 주둥이로 너에게 가까이 다가가 말한다면
나의 한없는 미안함과
나의 끝없는 그리움과
애달픈 나의 사랑이 닿았을까
내가 악어로 평생을 산다면

전해질 나의 말들이 너를 행복하게 할 수 있을까

이른 새벽에 눈을 떴어
매미는 부지런히 울고 또 울었고
나도 부지런히 꿈에서조차 널 찾는구나 싶었어

사람으로 태어난 이 새벽에
나는 네게 또 무얼 해 줄 수 있을까

그래요

고소함이 시장 골목을 채우고
나는 고요하게 한 손에 약과를 쥐고 기다립니다
누군가를 기다리는 일은 하염없습니다
그렇지만 난 이미
그런 기다림에 익숙해져 있습니다

한 소녀가 날 찾아왔습니다
두 뺨에 분홍 생기를 가득 얹은 그 소녀가
나를 바라봐 줍니다
나는 멋쩍음에 식은 밥을 권하려다 '
속으로 삼킵니다
저 어여쁜 소녀에게는
세상의 따스함만을 쥐여 주는 것이 좋겠지요

변변찮은 밥을 삼킵니다
가짓수가 부족한 반찬을 소녀가 바라봅니다
저는 원래 이렇게 먹으니 괜찮아요
가느다란 저의 삶은
늘 이래 왔습니다

조촐함 위에서 계속 숨을 쉬어 왔어요
나는 외롭지 않으니 걱정 말아요

소녀가 나를 바라봅니다
색이 바랜 나의 검은 눈을 바라봅니다
누군가가 나를 바라봐 주는 일이
이렇게도 아린 일이었나요
나는 일렁임을 애써 무시하려 했지만
소녀의 눈이 글썽입니다
나는 괜찮다고 말하려 했지만
소녀의 눈물이 흘러내립니다
울지 말아요
속으로 외쳐 냈음에도
나도 소녀를 따라 흘러내립니다
소녀와 나의 파도가 서로 부딪쳐 부서집니다
비루했던 나의 삶을 다독여 주는 것 같아
펑펑 울어 버립니다
내가 따뜻한 밥을 주지 못했음에도
소녀는 이미 따스했습니다
햇살이 고소하게
시장 골목을 채웁니다

고마워요

이 할아비가 해 준 것 없이 받기만 해서 미안해요

이 약과라도 받아 가요

그리고 다음번에

또 와 줘요

내가 기다렸던 어린 소녀여

여름 방학

매미가 던져진다
여름 방학이 시작된다

아버지라는 인물이 의무의 충실하여 아들을 끌고 뒷산으
로 향한다
무분별하게 자라난 가지와 엉켜 있는 거미줄
그 한가운데서 매미를 설명한다
매미에게도 등급이 있단다
애매미는 땅을 흠모하여 가장 낮게 있고
참매미는 우유부단하여 어중간에 머무르고
말매미는 신을 시샘하여 보이지 않는 곳에서 운다고 했다

아들의 목에 걸려 있는 채집 상자에선 텔레토비가 티비를
보고 있고
아버지는 늘 자신에게 짙게 깔려 있는 찌뿌둥함을 해소하듯
잠자리채를 하늘 높이 뻗는다
7년을 버텨 승천한 말매미가 걸린다
그렇게 시샘과 질투는 늘 역겹다니까
오줌을 지리며 망으로 투신한다

텔레토비 상자에 말매미가 갇힌다
의무를 다한 아버지는 만족을 묻지만
아들은 이건 사랑이 아니라고 답한다
사랑의 표현은 매미로 하는 게 아니라고
20여 년이 지난 뒤 소리친다

말매미는 어지러운 녀석이야
늘 모두를 엿 맥이지
아버지는 다시 잠자리채를 뻗는다
어느 신도시 뒷산의 경도가 엿가락처럼 늘어지고
지구 한 극점의 배고픔이 잠자리채를 빨아들인다
채가 줄어들고 아버지는 딸려 올라간다
매미들이 환호하고
아들은 목을 한껏 젖혀
어딘지 모를 곳으로 빨려 가는 아버지를 쳐다보며 말한다
아빠!
이런 건 사랑이 아니야!

매미가 밟힌다
아이고 미안함에 아이들을 다시 학교로 풀어 준다
엄마들은 이제야 편해졌고
어느 한 가정의 엄마는 스르르 풀어진다
아들은 학교에 가 친구들에게

말매미를 잡아 보았냐고 물어본다
반 친구들이 지기 싫어서
본인도 잡아 보았다고 허풍을 늘어놓는데
아들은 풋 웃어 버린다
말매미가 되어 날아가 버린 아빠를 떠올린다
그건 다시 잡지 못할 매미였다
무언갈 단단히 시샘하던 서글픈 매미였다

천사

세수할 때 얼굴을 세면대에 담궈야 하는 사람
인생에 손쓸 방도를 몰라
넘어지면 그대로 개미와 절친 먹는 사람
밥 한번 먹자 저녁 약속을 잡고는
그대로 기어서 집에 가는 사람

해가 지는데 본인도 저버리는 사람
무릎이 하도 갈려서
비보잉을 잘하는구나 착각하게 하는 사람
행복한 스텝을 밟아 보고 싶은데
고개만 숙이면 모차르트의 라크리모사가 울리는 사람
웅장한 진동에 약속 장소에 도착했던 개미가 귀를 막으며
다시 돌아서고
그래서 또 저녁을 굶게 되어 버린 사람
나누어 먹을 게 슬픔밖에 없는 사람
머리끝과 발끝이 맞닿아
원을 그리며 구르기만 하는 사람
무기력함이 아주 탁월하여
제우스가 시시포스에게 굴릴 바위 대신 던져 주는 사람

구르고 구르며 존재의 의미가 지워지는 사람
누군가가 손을 내밀어 주었으면
이라고 말도 못 꺼내는 사람

그 사람을 보고 복장이 터져
천당에서 펄쩍 뛰어 내려오는 천사
머리칼을 한 움큼 움켜쥐어
세면대에서 그를 뽑아내는 천사
일단은 괘씸하니 뒤통수 한 대 때려 주고
굽은 허리를 한껏 끌어 안아 주는 천사
천사라고 다 도와주는 건 아닌데
가끔은 이럴 때도 있어야
희망이란 단어의 명맥이 유지되는 거 아니겠냐며
거드름을 피우는 천사
가끔은 그냥 몸을 내던질 만한 존재가 있어야
그래도 살아갈 수 있는 거 아니겠냐며
수줍음을 드러내는 천사
그런 천사를 뚫어져라 바라보며
하염없이 울고 있는 인간
나약한 인간
나, 약한 인간

꿈에서 잔뜩 울어 버려서

눈곱이 가득 차오른 사람
화장실 거울 한 번 보더니
손에 물을 가득 담아
얼굴로 던져 보는 사람
천사 아닌 사람

같은 손

민철이와 광재가 또 싸운다

또 말썽이구나
내가 민철이 자랑은 늘 모른 체하라고 했잖아
저번에 민철이가 가족들이랑 놀이공원 놀러 갔다 온 것도
잊으라 했잖아 어차피 가도 사람 많다고
사람 많아서 너 놀이 기구 타지도 못한다고
너 키도 작아서 탈 것도 많이 없다고
츄러스도 맛없고 땀만 흘리다 지쳐 돌아올 거라고
아빠는 계속 사라져 있고
엄마는 너네끼리 놀라며 누나랑 나를 던져둘 거라고
그럼 어린 누나는 미안해하며 너를 껴안고
같이 그늘에 앉아 후룸라이드에 물을 맞을 거라고
저기 보여? 후룸라이드에 온통 끼어 있는 이끼가?
너 물 무서워하잖아
아빠가 수영 가르쳐 준다고 탕에 던져 대서 싫어하잖아
목욕탕 나와서 아빠가 사 준 커피우유 마시고 싶은데
아빠는 또 사라져서 혼자 목욕탕 다니잖아
넓은 냉탕에서 친구들이랑 놀고 싶은데

눈이 나빠서 혼자 놀다가 사물함 키 잃어버리고

한 시간 넘게 혼자 찾다가 결국 울었잖아

그때 다가와 나를 달래 주고

키를 찾아준 세신사 아저씨가 아빠처럼 보였잖아

그런데도 민철이를 이기고 싶어?

서럽고 서러워도

너라는 존재만큼은 어디에도 지기 싫어?

알겠다 알겠어

나랑 가자

나랑 멋진 추억을 만들러 가자

내 손 꽉 잡아

절대 안 놓을 거니까

그러려고 내가 왔어

머나먼 너의 미래에서

맛살을 나누어 먹었다

© 정이재, 2023

초판 1쇄 발행 2023년 11월 20일

지은이   정이재
펴낸이   이기봉
편집   좋은땅 편집팀
펴낸곳   도서출판 좋은땅
주소   서울특별시 마포구 양화로12길 26 지월드빌딩 (서교동 395-7)
전화   02)374-8616~7
팩스   02)374-8614
이메일   gworldbook@naver.com
홈페이지   www.g-world.co.kr

ISBN   979-11-388-2501-6 (03810)